AF366550

DEUX CONTES

Exemplaire sur papier de Rives

nº

Deux·contes

par

MAURICE MAETERLINCK

Le Massacre des Innocents
Onirologie

Avec un portrait de l'Auteur

A PARIS

Chez Georges Crès et Cⁱᵉ, Éditeurs

116, Boulevard Saint-Germain, 116

MCMXVIII

Les deux contes que nous publions ici ont paru dans des périodiques ; l'un dans « La Pléiade » (Paris, mars 1886) et l'autre dans la « Revue Générale » (Bruxelles, juin 1889). Le premier a été réimprimé plusieurs fois, et son texte, légèrement modifié par l'auteur, figure dans ce livre émouvant : « Les Débris de la Guerre » (Paris, Fasquelle, 1917, in-18). On nous saura gré, nous voulons le croire, de trouver à la suite le texte d' « Onirologie », cette œuvre de jeunesse, fort ignorée, ayant l'attrait de l'inédit et offrant, de plus, une curieuse analogie avec les admirables pages publiées récemment par Maurice Maeterlinck, sous ce titre : « L'Hôte inconnu ».

Les Éditeurs.

LE MASSACRE

DES

INNOCENTS

Le « Massacre des Innocents » parut
pour la première fois en 1886, dans une
petite revue : « La Pléiade », que quelques
amis et moi avions fondée au Quartier
Latin, et qui mourut d'inanition après son
sixième numéro. Si je fais place ici à ces
modestes pages d'un début sans éclat, —
car je n'avais rien imprimé jusqu'à ce jour,
— ce n'est pas que je m'abuse sur les
mérites de cette œuvre de jeunesse, où je
m'étais simplement appliqué à reproduire
de mon mieux les divers épisodes d'un
tableau du musée de Bruxelles, peint au

XVIe siècle par Pieter Breughel-le-Vieux.
Mais il m'a semblé que les événements
avaient transformé cet humble exercice
littéraire en une sorte de vision symbo-
lique : car il n'est que trop vraisemblable
que des scènes analogues ont dû se répéter
dans plus d'un de nos malheureux villages
des Flandres ou de Wallonie ; et que pour
les décrire telles qu'elles viennent de se
passer, il n'y aurait qu'à changer le nom
des bourreaux et probablement,
hélas ! à en accentuer la
cruauté, l'injustice et
l'horreur.

M. M.

LE

MASSACRE DES INNOCENTS

❦

Ce vendredi, 26 du mois de décembre, vers l'heure du souper, un petit vacher vint à Bethléem en criant terriblement.

Des paysans qui buvaient de la cervoise

en l'auberge du Lion-Bleu ouvrirent les volets pour regarder dans le verger du village, et virent l'enfant qui accourait sur la neige. Ils reconnurent que c'était le fils de Korneliz et lui crièrent par la fenêtre : « Qu'est-ce qu'il y a? Allez vous coucher! »

Mais il répondit avec épouvante que les Espagnols étaient arrivés, qu'ils avaient incendié la ferme, pendu sa mère, dans les noyers, et lié ses neuf petites sœurs au tronc d'un grand arbre.

Les paysans sortirent brusquement de l'auberge, entourèrent l'enfant et l'interrogèrent. Il leur dit encore que les soldats étaient à cheval et vêtus de fer, qu'ils avaient enlevé les bêtes de son oncle Petrus Krayer et entreraient bientôt en forêt avec les moutons et les vaches.

Tous coururent au Soleil-d'Or, où Korneliz et son beau-frère buvaient aussi leur pot de cervoise, et l'aubergiste s'élança dans le village en criant que les Espagnols approchaient.

Alors il y eut une grande rumeur en Bethléem. Les femmes ouvrirent les fenêtres et les paysans sortirent de leurs maisons avec des lumières qu'ils éteignirent lorsqu'ils furent dans le verger, où il faisait clair comme à midi, à cause de la neige et de la pleine lune.

Ils s'assemblèrent autour de Korneliz et de Krayer, sur la place, devant les auberges. Plusieurs avaient apporté leurs fourches et leurs râteaux, et se parlaient avec terreur sous les arbres.

Mais comme ils ne savaient que faire,

l'un d'eux courut chercher le curé, à qui appartenait la ferme de Korneliz. Il sortit de sa maison avec le sacristain en apportant les clefs de l'église. Tous le suivirent dans le cimetière, et il leur cria du haut de la tour qu'il y avait des nuages rouges du côté de sa ferme, bien que le ciel fût bleu et plein d'étoiles sur tout le reste de la campagne.

Ayant délibéré longtemps dans le cimetière, ils décidèrent de se cacher dans le bois que les Espagnols devaient traverser et de les attaquer s'ils n'étaient pas très nombreux, afin de reprendre le bétail de Petrus Krayer et le butin qu'ils avaient fait à la ferme.

Ils s'armèrent de fourches et de bêches, et les femmes restèrent autour de l'église avec le curé.

En cherchant un endroit favorable à leur embuscade, ils arrivèrent près d'un moulin, aux limites de la forêt, et virent brûler la ferme au milieu des étoiles. Ils s'installèrent là, devant une mare couverte de glace, sous d'énormes chênes.

Un berger, que l'on appelait le Nain-Rouж, monta au sommet de la colline pour avertir le meunier, qui avait arrêté son moulin en voyant les flammes à l'horizon. Cependant il laissa entrer le paysan, et tous deuж se mirent à une fenêtre pour regarder au loin.

La lune brillait devant euж sur l'incendie, et ils aperçurent une longue foule qui marchait sur la neige. Quand ils l'eurent contemplée, le Nain descendit vers ceuж qui étaient dans la forêt, et ils distinguèrent lentement quatre cavaliers, au-dessus d'un troupeau qui semblait brouter la plaine.

Comme ils regardaient au bord de la mare, et sous les arbres éclairés de neige, le sacristain leur montra une haie de buis, derrière laquelle ils se cachèrent.

Ces bêtes et les Espagnols s'avancèrent sur la glace, et les moutons, en arrivant à la haie, broutaient déjà la verdure, lorsque Kornelis creva les buissons, et les autres le suivirent dans la clarté avec leurs four-ches. Il y eut alors un grand massacre sur l'étang au milieu des brebis amoncelées et des vaches qui contemplaient la bataille et la lune.

Quand ils eurent tué les hommes et les chevaux, Korneliz s'élança dans la prairie vers les flammes et les autres dépouillè-

rent les morts. Puis ils retournèrent au village avec les troupeaux. Les femmes qui
regardaient la lourde forêt, derrière les
murs du cimetière, les virent s'avancer
entre les arbres et coururent à leur ren-
contre avec le curé, et ils revinrent en dan-
sant de grandes rondes, au milieu des
enfants et des chiens.

En se réjouissant sous les poiriers du
verger, où le Nain-Roux accrochait des
lanternes en signe de kermesse, ils demandèrent au curé ce qu'il fallait faire.

Ils résolurent enfin d'atteler un chariot
pour emmener au village le corps de la
femme et ses neuf petites filles. Les sœurs et
d'autres paysannes de la famille de la morte
y montèrent, ainsi que le curé qui marchait
avec peine, étant vieux déjà et fort gros.

Ils rentrèrent dans la forêt et arrivèrent en silence devant l'éblouissement des plaines, où ils virent les hommes nus et les chevaux renversés sur la glace lumineuse entre les arbres. Puis ils marchèrent vers la ferme qui brûlait au milieu du paysage.

En arrivant au verger et à la maison rouge de flammes, ils s'arrêtèrent devant la grille pour contempler le grand malheur du paysan, dans son jardin. Sa femme pendait toute nue aux branches d'un énorme noyer, et lui, montait à l'échelle pour grimper dans l'arbre, autour duquel les neuf petites filles attendaient leur mère sur le gazon. Il marchait déjà dans les vastes ramures, lorsqu'il vit tout à coup, sur la lumière de la neige, la foule qui le regardait. Il fit signe de l'aider, en pleurant, et ils entrèrent dans le jardin. Alors le sacristain, le Nain-Roux, l'aubergiste du Lion-Bleu et celui du Soleil-d'Or, le curé avec une lanterne, et beaucoup d'autres paysans montèrent dans le noyer neigeux, au clair de lune, pour dépendre la morte, que les femmes du village reçurent dans leurs bras au pied de l'arbre, comme à la descente de croix de Notre-Seigneur Jésus-Christ.

Le lendemain, on l'enterra, et il n'y eut plus d'événements extraordinaires à Bethléem cette semaine-là. Mais le dimanche suivant, des loups affamés parcoururent le pays, après la grand'messe, et il neigea jusqu'à midi ; puis le soleil brilla soudain et les paysans rentrèrent dîner comme d'habitude et s'habillèrent pour le salut.

A ce moment il n'y avait personne sur la place, car il gelait cruellement ; seuls, les chiens et les poules vaguaient sous les arbres, où des moutons broutaient un triangle de gazon ; et la servante du curé balayait la neige dans son jardin.

Alors une troupe d'hommes armés passa le pont de pierre au bout du village et s'arrêta dans le verger. Des paysans sortirent de leur demeure, mais rentrèrent terrifiés en reconnaissant les Espagnols et se mirent aux fenêtres afin de voir ce qui allait se passer.

Il y avait une trentaine de cavaliers couverts d'armures, autour d'un vieillard à barbe blanche. Ils portaient en croupe des lansquenets jaunes ou rouges qui mirent pied à terre et coururent sur la neige pour

se dégourdir, pendant que plusieurs soldats habillés de fer descendaient aussi et
pissaient contre les arbres auxquels ils
avaient attaché leurs chevaux.

Puis ils se dirigèrent vers l'auberge du
Soleil-d'Or et frappèrent à la porte. On
leur ouvrit en hésitant; et ils allèrent se
chauffer près du feu en se faisant verser
de la bière.

Ensuite ils sortirent de l'auberge avec
des pots, des cruches et des pains de fro-
ment destinés à leurs compagnons rangés
autour de l'homme à barbe blanche qui
attendait au milieu des lances.

Comme la rue était déserte, le chef en-
voya des cavaliers derrière les maisons,
afin de garder le village du côté de la
campagne, et ordonna aux lansquenets

d'amener devant lui les enfants âgés de deux ans et au-dessous, pour les massacrer, selon qu'il est écrit en l'Évangile de Saint Mathieu.

Ils allèrent d'abord à la petite auberge du Chou-Vert, et à la chaumière du barbier, voisines au milieu de la rue.

L'un d'eux ouvrit l'étable, et une bande de porcs s'en échappa qui se répandit de tous côtés. L'aubergiste et le barbier sortirent de leur maison et demandèrent humblement aux soldats ce qu'ils désiraient ; mais ceux-ci n'entendaient pas le flamand et entrèrent afin de chercher les enfants.

L'aubergiste en avait un qui pleurait en chemise sur la table où l'on venait de dîner. Un homme le prit dans ses bras et l'emporta sous les pommiers, tandis que le père et la mère le suivaient en poussant des hurlements.

Les lansquenets ouvrirent encore l'étable du tonnelier, celle du forgeron, celle du sabotier ; et les veaux, les vaches, les ânes, les cochons, les chèvres, les moutons et les lapins se promenèrent sur la place. Lorsqu'ils enfoncèrent le vitrage du charpentier, plusieurs paysans, parmi les vieillards et les plus riches de la paroisse, s'assemblèrent dans la rue et s'avancèrent vers les Espagnols. Ils ôtèrent respectueusement leurs bonnets et leurs feutres devant le chef au manteau de velours, en demandant ce qu'il comptait faire ; mais lui-même ignorait leur langue et quelqu'un alla chercher le curé.

Il s'apprêtait pour le salut et revêtait

une chasuble d'or dans la sacristie. Le paysan cria : « Les Espagnols sont dans le verger ! » Épouvanté, le prêtre courut à la porte de l'église, suivi des enfants de chœur qui portaient les cierges et l'encensoir.

Alors il vit les animaux des étables circulant sur la neige et sur le gazon, les cavaliers dans le village, les soldats devant les portes, les chevaux attachés aux arbres le long de la rue, les hommes et les femmes suppliant autour de celui qui tenait l'enfant en chemise.

Il s'élança dans le cimetière, et les paysans se tournèrent avec inquiétude vers leur prêtre qui arrivait comme un dieu couvert d'or et l'environnèrent devant l'homme à barbe blanche.

Il parla flamand et latin ; mais le chef haussait lentement les épaules pour exprimer qu'il ne comprenait point.

Ses paroissiens lui demandaient à voix basse : « Que dit-il ? que va-t-il faire ? » D'autres, voyant le curé, sortaient craintivement de leurs fermes, des femmes accouraient et chuchotaient dans les groupes, tandis que les soldats qui assiégeaient un cabaret, se joignaient au grand rassemblement qui se formait sur la place.

Alors celui qui tenait par la jambe l'enfant de l'aubergiste du Chou-Vert, lui trancha la tête d'un coup d'épée.

Ils la virent tomber devant eux, suivie du reste du corps qui saignait sur l'herbe. La mère ramassa celui-ci et l'emporta en oubliant la tête. Elle trotta vers sa maison mais se heurta contre un arbre et tomba à plat ventre dans la neige où elle demeura évanouie, cependant que le père se débattait entre deux soldats.

De jeunes paysans lancèrent quelques pierres ; mais les cavaliers abaissèrent leurs lances, les femmes s'enfuirent et le curé se mit à hurler avec ses paroissiens, au milieu des moutons, des oies et des chiens.

Néanmoins, comme les soldats s'éloignaient, ils se turent pour voir ce qu'ils allaient faire.

La bande entra dans la boutique des sœurs du sacristain ; puis elle sortit tranquillement, sans faire de mal aux cinq femmes qui priaient à genoux sur le seuil.

Ensuite ils avisèrent l'auberge du bossu

de Saint-Nicolas. Là aussi on leur ouvrit à l'instant pour les apaiser ; mais ils reparurent au milieu d'un grand tumulte, avec trois enfants sur les bras, entourés du bossu, de sa femme et de ses filles, qui les suppliaient à mains jointes.

Arrivés devant le vieillard, ils déposèrent les enfants au pied d'un orme, où ils restèrent assis sur la neige en leurs habits de fête. Mais l'un d'eux, qui avait une robe jaune, se leva et courut en chancelant vers les moutons. Un soldat le poursuivit, l'épée nue ; et l'enfant mourut la face dans l'herbe, pendant que l'on tuait les autres autour de l'arbre.

Tous les paysans et les filles de l'aubergiste prirent la fuite en poussant de grands cris et rentrèrent dans les fermes. Resté seul, le curé suppliait les Espagnols avec des hurlements, se traînant à genoux d'un cheval à l'autre, les bras en croix, tandis que le père et la mère, assis sur la neige, pleuraient pitoyablement leurs enfants morts, étendus en travers de leurs jambes.

En parcourant la rue, les lansquenets remarquèrent la grande maison bleue d'un fermier. Ils voulurent enfoncer la porte, mais elle était de chêne et couverte de clous. Ils prirent alors des tonneaux gelés dans une mare devant le seuil et s'en servirent pour monter à l'étage où ils pénétrèrent par la fenêtre.

Il y avait eu une fête en cette ferme; et des parents étaient venus manger des gaufres, du flan et du jambon. Au bruit des vitres brisées, ils s'étaient réfugiés derrière la table couverte de cruchons et de vaisselle. Les soldats entrèrent dans la cuisine; et après une bataille où plusieurs furent blessés, s'emparèrent des petits garçons, des petites filles et du valet qui avait coupé le pouce d'un lansquenet, et sortirent en fermant la porte pour empêcher les habitants de les accompagner.

Quand ils furent devant le vieillard, ils jetèrent les enfants sur le gazon et les tuèrent paisiblement avec leurs lances et leurs épées, pendant que sur toute la façade de la maison bleue, les femmes et les hommes penchés aux fenêtres de l'étage et du grenier, blasphémaient et s'agitaient éperdument à la vue des robes blanches, roses ou rouges de leurs petits, immobiles sur l'herbe entre les arbres. Puis les sol-

dats pendirent le valet de ferme à l'enseigne de la Demi-Lune, de l'autre côté de
la rue; et il y eut un long silence dans le
village.

Le massacre à présent s'étendait. Les
mères s'échappaient des masures, et à travers les jardins et les potagers, essayaient
de fuir dans la campagne; mais les cavaliers les poursuivaient et les refoulaient
dans la rue. Des paysans, le bonnet dans
leurs mains jointes, suivaient à genoux
ceux qui entraînaient leurs enfants, parmi
les chiens qui aboyaient joyeusement dans
le désordre. Le curé, les bras au ciel, cou-
rait le long des maisons, priant désespé-
rément comme un martyr; et les soldats,
tremblant de froid, soufflaient dans leurs
doigts en circulant sur la route, ou, les

mains dans leurs poches de leur haut-de-chausse, et l'épée sous le bras, attendaient devant les fenêtres des maisons qu'on escaladait.

Voyant la douleur craintive des paysans, ils entraient maintenant par petites bandes dans les fermes; et tout le long de la rue c'étaient les mêmes scènes.

Une maraîchère qui habitait la vieille chaumière de briques roses, à côté de l'église poursuivait, armée d'une chaise, deux hommes qui emportaient ses enfants dans une brouette. Elle devint malade en les voyant mourir; et on l'assit sur sa chaise, contre un arbre de la route.

D'autres soldats grimpèrent dans les tilleuls, devant une ferme peinte en lilas, et enlevèrent des tuiles afin de s'introduire

Dans la maison. Quand ils reparurent sur le toit, le père et la mère, les bras tendus, s'élevèrent aussi dans l'ouverture, et ils les renfoncèrent à plusieurs reprises en leur assénant des coups d'épée sur la tête, avant de redescendre dans la rue.

Une famille, enfermée dans la cave d'une énorme chaumière, pleurait par le soupirail où le père brandissait furieusement une fourche. Un vieillard chauve sanglotait tout seul sur un tas de fumier, une femme en robe orange s'était évanouie sur la place et son mari la soutenait sous les aisselles, en gémissant à l'ombre d'un poirier : une autre embrassait sa petite fille qui n'avait plus de mains, et lui soulevait alternativement les bras pour voir si elle ne voulait pas revivre. Une autre s'échappa

Dans la campagne et les soldats la poursuivaient entre les meules, à l'horizon des
champs de neige.

Sous l'estaminet des Quatre-fils-Aymon,
se voyait le tumulte d'un siège. Les habitants s'étaient barricadés, et les soldats
tournaient autour de la demeure sans y
pouvoir pénétrer. Ils essayaient de grimper
jusqu'à l'enseigne, en s'aidant des espa-
liers de la façade, lorsqu'ils découvrirent
une échelle derrière la porte du jardin. Ils
l'appliquèrent au mur et montèrent à la
file. Mais l'aubergiste et toute sa famille
leur lancèrent alors par les fenêtres, des
chaises, des assiettes, et des escabeaux.
L'échelle se rompit et les soldats tom-
bèrent.

Au fond d'une cabane, une autre bande

trouva une paysanne qui lavait ses enfants, devant le feu, dans un cuvier. Étant vieille et presque sourde elle ne les entendit pas entrer. Deux hommes prirent le cuvier, l'emportèrent; et la femme ahurie les suivit avec les vêtements des petits qu'elle voulait rhabiller. Mais quand elle vit, tout d'un coup, du haut du seuil, les taches de sang sur la neige, les berceaux renversés, les femmes agenouillées et celles qui agitaient les bras autour des morts, elle se mit à crier formidablement en frappant les soldats qui déposèrent le cuvier pour se défendre. Le curé accourut également et les mains jointes sur sa chasuble, implora les Espagnols devant les enfants nus qui se lamentaient dans l'eau. Des soldats arrivèrent qui l'écartèrent et lièrent la folle à un arbre.

Le boucher avait caché sa petite fille, et appuyé contre le mur de sa maison affectait de regarder avec indifférence. Un lansquenet et un de ceux qui avaient une armure, entrèrent chez lui et découvrirent l'enfant dans un chaudron de cuivre. Alors le boucher, désespéré, saisit un coutelas et les poursuivit dans la rue ; mais une troupe qui passait le désarma et le pendit par les pieds aux crocs du mur, entre les bêtes écorchées, où il remua les bras et la tête en blasphémant jusqu'à la tombée de la nuit.

Du côté du cimetière, il y avait un grand rassemblement devant une longue grange peinte en vert. L'homme pleurait à chaudes larmes sur le seuil. Comme il était fort gros et de joviale figure, les soldats assis au soleil, contre le mur, l'écoutaient avec attendrissement en contemplant le chien. Mais celui qui emmenait l'enfant faisait des gestes pour dire : « Que voulez-vous? ce n'est pas ma faute! »

Un paysan pourchassé sauta dans une barque amarrée au pont de pierre et s'éloigna sur l'étang avec sa femme et ses enfants. N'osant se risquer sur la glace, les soldats marchaient pleins de colère dans les roseaux. Ils grimpèrent dans les saules de la rive pour tâcher d'atteindre les fugitifs à coups de lance, et n'y parvenant pas, ils menacèrent longtemps toute la famille épouvantée dans sa barque.

Le verger cependant était toujours plein de monde; car c'est là que l'on tuait la plupart des enfants aux pieds de l'homme à barbe blanche qui présidait au massacre. Les petits garçons et les petites filles qui marchaient déjà seuls s'y réunissaient aussi et regardaient curieusement mourir les autres en mangeant les tartines de leur goûter, ou se groupaient autour du fou de la paroisse qui jouait de la flûte sur l'herbe.

Alors il y eut tout à coup un long mouvement dans Bethléem.

Les paysans couraient vers le château qui se trouvait sur une butte de terre jaune, au bout de la rue. Ils avaient aperçu le seigneur penché sur les créneaux de la tour, d'où il contemplait le massacre. Et les hommes, les femmes, les vieillards, les mains tendues, le suppliaient comme un roi dans le ciel. Mais, lui, levait les bras et haussait les épaules pour exprimer son impuissance ; et comme ils l'imploraient de plus en plus terriblement, la tête nue, agenouillés dans la neige, en poussant de grandes clameurs, il rentra dans sa tour et les paysans n'eurent plus d'espoir.

Lorsque tous les enfants furent exterminés, les soldats fatigués essuyèrent leurs épées et soupèrent sous les poiriers. Ensuite les lansquenets montèrent en croupe et ils quittèrent tous ensemble Bethléem, par le pont de pierre, comme ils étaient venus.

Enfin le soleil se coucha derrière la forêt. Las de courir et de supplier, le curé s'était assis sur la neige, devant l'église, et sa servante se tenait près de lui. Ils voyaient la rue et le verger plein de paysans qui circulaient sur la place et le long des maisons. Des familles, l'enfant mort sur les genoux, ou dans les bras, racontaient leur malheur avec étonnement. D'autres le pleuraient encore où il était tombé, près d'un tonneau, sous une brouette, au bord d'une mare, ou l'emportaient silencieusement. Plusieurs lavaient déjà les bancs, les chaises, les tables, les chemises tachées de sang et relevaient les berceaux jetés dans la rue. Mais presque toutes les mères se lamentaient sous les arbres, devant les petits corps étendus sur le gazon, et qu'elles reconnaissaient à leurs robes de laine. Ceux qui n'avaient pas d'enfants se promenaient sur la place et s'arrêtaient autour des

groupes désolés. Les hommes qui ne pleuraient plus, poursuivaient avec les chiens
leurs bêtes échappées ou réparaient leurs
fenêtres brisées et leurs toits entr'ouverts,
tandis que le village s'apaisait
aux clartés de la lune
qui montait dans
le ciel.

ONIROLOGIE

Of this at least I feel assured
that there is not such thing as
« forgetting » possible to the mind.

Thomas de Quincey.

ONIROLOGIE

Je descends d'une vieille famille hollandaise. Mon père était ce qu'on appelle en néerlandais « Adsistent-Resident » de Lebak en l'île de Java. J'ignore tout de sa vie et de ses aventures, à l'exception

de ses démêlés, célèbres à cette époque,
avec le Régent indigène : « Radhen Adhi-
patti Karta Natta Negara », dont j'ai lu,
bien des soirs, le bizarre et tranquille
récit dans les collections du « Javasche
Courant » et du « Nieuws van den Dag »
d'Amsterdam. Il était allé aux colonies
avec ma grand'mère et y mourut lorsque
je n'avais pas encore atteint ma deuxième
année.

Ma mère, — une faible et pâle Anglaise
que l'amour avait exilée en Hollande, —
(j'ai recherché et appris tout ceci depuis
l'inquiétante aventure), ma mère était
restée à Utrecht, où nous habitions une
étroite demeure sur le « Singel », ou canal
d'enceinte, du côté du « Pardenveld ». Elle
mourut peu de mois après mon père et

peut-être à la suite même de l'accident qui a eu pour moi d'aussi troublantes émersions. J'étais alors l'enfant aux yeux clos et la pauvre âme endormie des grands espaces blancs et des limbes de la vie, en sorte que je n'ai « naturellement » (j'emploie « naturellement » au sens strict et ordinaire du mot), conservé aucun souvenir de ces jours où des visages amis s'éteignaient à jamais autour de moi.

Ensuite, et bien longtemps après, au réveil de cette immobile nuit de l'enfance, je m'entrevois en une vieille maison de la vieille et américaine Salem, et en face d'un oncle puritain, extraordinairement gros, pâle et taciturne. Enfin, cet oncle lui-même, « que je n'entendis jamais prononcer un seul mot et que je ne revis jamais plus », disparaît à son tour, sans autre souvenir que celui de son vague corps énorme en cette maison de bois verdi par les ans et si extrêmement, si insolitement petite, qu'il semblait la surcharger et en déborder comme un être d'autrefois, lorsqu'il se penchait des journées entières aux fenêtres ouvertes sur un sombre et humide jardin où j'errais seul. Ainsi, sans liens dans un passé presque inconsistant encore, sans visage et sans mains de femmes autour de mon enfance, je me vis, sachant à peine me tenir debout, au milieu d'une cour entourée des hauts bâtiments de pierre d'un antique orphelinat oublié au fond d'une immémoriale forêt du Massachusetts. Et maintenant j'arrive à des jours dont je me souviens trop nettement, et à des années sans issues, de tristesses et d'abandons sans horizons, entre ces moroses et mornes descendants des puritains d'Isaac Johnson, enfants au sourire blanchâtre et aux yeux obliques, égarés en ces dortoirs aux alcôves noires et voûtées sous l'effroi de cet édifice si souvent environné d'orages. Mais j'aime mieux ne plus me souvenir. Ici d'ailleurs finissent les antécédents nécessaires mais lointains, et il faut à présent examiner plus minutieusement les circonstances qui ont immédiatement précédé l'anormal incident et l'énigme dont les ailes ont laissé pour longtemps leurs ombres sur mon âme.

Entre tous ces enfants aux vêtements si lugubres qui habitaient avec moi ce terne orphelinat américain : entre tous ces enfants presque muets, une pauvre âme affligée et affaiblie avait seule attiédi mon abandon. J'ai son cher nom sur mes lèvres, et son image en l'âme de mon âme ; mais on comprendra peut-être, et tout à l'heure, pour quelles tristes raisons il m'est impossible de le révéler ici. Je ne dirai même pas ce nom à ceux qui voudraient se donner la peine de faire une enquête sur l'authenticité de cette histoire, et à moins que mon malheureux ami ne parle lui-même, nul ne le saura jamais.

A cette époque, j'avais un peu plus de dix-huit ans, et mon unique ami — je l'appellerai Walter ici, ce nom d'ailleurs se rapproche un peu de son nom véritable, — mon unique et mélancolique ami avait environ le même âge. J'étais alors un pauvre être maladif et extraordinairement émacié sous l'ennui sans interstices de cette vie claustrale, et je souffrais de troubles nerveux, qui faisaient de mes nuits une trame de douleurs. Malgré mes plaintes, l'austère et malveillant médecin de la maison me laissait sans remèdes ; mais à la longue, mes maîtres s'inquiétèrent un peu, et s'ingénièrent à imaginer quelque distraction à mon mal. Le pauvre Walter vint alors à mon aide. Walter avait une tante, Mrs W.-K., qui occupait un éclatant cottage aux environs de Boston, et non loin de la mer ; et il obtint un soir l'autorisation de m'emmener chez elle. Il y avait plus de quinze ans que je n'avais franchi le seuil de la grande porte dont les battants s'ouvraient sur la vallée, et je n'oublierai plus cette soirée. A notre arrivée, Mrs W.-K. me reçut sans arrière-pensée apparente ; nous ignorons d'ailleurs, en ce moment, les anormales occupations et les desseins étranges de cette femme, et il vaut mieux que ceux qui écoutent ceci les ignorent également.

Il y avait déjà bien des jours que je m'attardais en cette hospitalité maternelle dont je ne savais pas « alors » les dangers, et aux encouragements de ceux qui m'entouraient, je prenais un peu d'opium aux dernières heures des après-midi, parfois douloureuses de cet octobre inoubliable. Maintenant, il faut que j'énumère très méticuleusement tous les détails de la soirée et de la nuit de l'incident, car plusieurs d'entre eux pourraient avoir une importance spéciale, au point de vue de l'explication et de l' « éducation » du phénomène, encore qu'il soit triste d'avoir à s'arrêter en d'aussi obscurs intervalles de l'événement.

Un soir, après l'heure du thé, j'étais en cet état de béatitude invisible et subtile que s'imagineront seuls les mangeurs d'opium. Mrs W.-K. vers laquelle je me retournais parfois, comme on se retourne vers un pas dans une rue déserte, Mrs W.-K., accoudée sous les tilleuls de la terrasse, regardait s'allumer les étoiles sur la ville américaine. Walter était absent, et j'étais allé avec Annie, l'unique enfant de la tante de Walter, au fond du jardin, où il y avait un bois ancien, profond et obscur; un bois où l'on pouvait s'attendre à mainte aventure et si vieux, que nous avions l'habitude d'y parler à voix basse. Après avoir suivi

De lointaines musiques éparses en ce bois comme des fils de soie multicolore, nous nous assîmes là; et à présent, lequel des incidents de ce soir influa sur ma nuit? Fut-ce ce bassin de marbre avec sa fontaine aux reflets de tilleuls? ou les arbres, extraordinaires à travers ma mémoire, et auxquels Annie appliquait un mot : « Verdurous gloom », qui semblait les mettre sous verre? ou la lune, sur l'Atlantique, semblable à une fleur muette? ou tout ce bois hanté de triste avenir? ou fut-ce, avant tout, le départ prochain d'Annie, un départ déjà sans retour, et dont ses frêles mains aux gants de ténèbres, semblaient m'avertir comme d'un mal entre le mal qu'on allait me vouloir? ou fut-ce, enfin, un anneau d'or, qu'elle laissa choir dans le bassin où elle éveilla une autre et étrange elle-même en le reprenant à travers l'eau froide ? Savait-elle quelque chose ? Je ne sais, je ne sais, je ne saurai jamais, car à présent tant de terre et d'années sont sur elle !

J'ai noté exactement ceci, parce qu'en « l'éducation » dont j'ai parlé, il importerait peut-être de tenter un grand nombre d'expériences analogues, afin d'attoucher ainsi, un peu au hasard, quelque scène endormie au fond de l'âme et que cette espèce d'incantation pourrait réveiller. J'ajoute enfin un antécédent accessoire, mais dont il ne faudrait cependant pas négliger l'aide ; au reste, on verra plus loin.

En ce moment les lumières de la ville lointaine s'éteignaient comme tombaient les feuilles de la forêt automnale. En rentrant dans ma chambre après cette soirée au jardin, je pris — induit peut-être à cette idée par l'image de la fontaine, — je pris un volume de l'insolite et aquatique poète anglais, Thomas Hood, en flottant ainsi, jusque très avant dans la nuit, au fil albumineux des visions sous-marines de son admirable « Water Lady », du « Lycus the Centaur » et de « Hero and Leander ». Avant tout (et c'était sans nul doute un effet de l'opium), ce dernier poème m'attarda, à cause de la descente du malheureux Léandre à travers toute la mer, en une immersion infinie, au bras de la sirène, au milieu d'êtres muets aux yeux ronds, de plantes en jaune d'œuf, d'anémones d'aniline et de dahlias d'albumine, pendant qu'un vers monotone énumère entre les strophes les évolutions de leur passage en glauque spirale vibratile :

Down and still downwards through the dusky green.

Et tout au long de cette spirale d'eau verte, la sirène aux yeux où meurt le corps de Léandre et aux seins en bulles translucides, embrasse son involontaire amant, sur les lèvres duquel s'éteint en énormes perles le nom de Héro, jusqu'à ce qu'arrivés au fond lunaire des prairies sous-marines, la naïve vierge des mers s'étonne comme un enfant de voir le beau corps presque immobile et les yeux déjà clos, et s'agenouille à ses côtés en admirant ses derniers efforts pour échapper aux mailles bleues de l'Océan.

C'est ainsi que je m'endormis, en accueil-
lant en mes yeux les rives hantées de la
glace de la cheminée où je voyais s'enfoncer la spirale de Léandre — jusqu'au
sommeil — et voici ce que je vis immédiatement après :

Sans nul préliminaire, je fus au fond
d'un puits, ou du moins, je fus au fond
d'une eau autour de laquelle régnait une
impression de murailles, d'éminentes et
étroites murailles, et je m'y noyais sans
interruption, à travers un infini déroule-
ment de transparences au milieu de ces
efforts immobiles qui forment un des sup-
plices propres aux songes et sans analogues dans la vie volontaire. En ce moment,
j'étais assez près de la mort, et ici, il faut
que j'explique très soigneusement un des

plus singuliers phénomènes de mon rêve.

On n'ignore pas que le rêve est toujours et exclusivement « égoïste »; et que cet égoisme est tellement intense, aveugle et convergent, qu'il annule le passé et l'avenir au profit du moment où il règne sur l'horizon du cerveau.

En d'autres termes, tout s'actualise dans la conscience du dormeur, et il n'y a pas de rêve que l'on sache « prospectif » du « rétrospectif » au moment où il a lieu. Je remets ce principe en mémoire parce qu'il servira tout à l'heure à éclairer la situation assez embarrassée de mon esprit en cet instant : sans avoir d'ailleurs l'intention d'élucider les mouvements si spéciaux et en apparence illogiques, de l'horlogerie du cerveau durant le sommeil. Au moment où je mourais ainsi au fond de l'eau, se produisit d'abord un phénomène extrêmement anormal, et dont je n'eus l'explication que bien des années après. Était-ce un souvenir de lectures anciennes, où j'avais appris que les noyés, à l'instant de leur mort, revoient, en une espèce de miroir, leur vie entière avec ses incidents les plus minutieux? Ou cette vision de l'existence est-elle réellement inséparable de la mort par immersion et se trouvait-elle naturellement amenée ici? Je ne sais; mais j'eus l'idée de cette espèce de miroir, et alors, comme l'esprit du songeur est assez semblable à celui d'un tout petit enfant, incapable d'abstraction, et en qui toute idée devient image et toute pensée se transforme en acte, j'eus immédiatement en main ce miroir même auquel j'avais songé et je me mis à y regarder attentivement.

Ici, je voudrais pouvoir exprimer mon étonnement (car le jugement demeure souvent intact pendant le sommeil, et un rêve peut paraître comique par exemple, encore que le rire n'y naisse pas toujours d'une disproportion, ou de la « relation brisée » comme dit Hello, et puisse avoir des causes plus mystérieuses), je voudrais pouvoir exprimer mon étonnement, lorsque je réfléchis à l'invraisemblable vision, « car ce miroir était à peu près vide », et cependant, en comptant mes années, il eût dû être peuplé de tristes événements ! tandis que ce n'était qu'en un de ses angles que j'aperçus quelques vagues images à moitié dissoutes en des obnubilations mobiles et d'une couleur fade. On eût dit de ces dessins que tracent les enfants, et j'y reconnus les formes embryonnaires d'un certain nombre de seins, une ronde feuille verte, un rais de lumière, un morceau de lange et une petite main de nouveau-né entr'ouverte. Tout le reste se perdait en une obscurité que je n'eus pas le loisir d'examiner, et néanmoins, il devait y avoir là bien des choses inconnues et peut-être « antérieures ». Mais au bout de mon coup d'œil le miroir s'éteignit, et mon rêve continua. Je n'insiste donc plus sur cet incident accessoire.

Levant ensuite les yeux vers l'orifice du puits, j'y entrevis, penchés, « au milieu d'un ciel orageux », un visage de femme, et en même temps un geste d'effroi où il y avait une multitude de fuites. En passant, il faut observer que, dans ce récit fait d'après des souvenirs atténués, ceci comme tout ce qui est du ressort de la raison diurne, prend nécessairement une allure logique qui n'était nullement celle du rêve, où maints événements, successifs ici, s'emmêlaient; on sait d'ailleurs que le rêve, en apparence le plus long, dure à peine l'espace d'un battement de cœur, et n'est qu'un afflux extraordinairement bref d'aventures et d'images. Je venais à peine d'entrevoir ce geste, qu'il s'évanouit; et je fus immédiatement imprégné de l'idée qu'une espèce de cri spécial, inconnu et incompréhensible, devait avoir accompagné cet évanouissement. Mais avant d'aller plus loin, une brève glose est à ce propos strictement nécessaire.

Je ne crois pas qu'on entende ordinairement un son en rêve, c'est-à-dire « un véritable son de rêve », et non un bruit effectif et extérieur qui, grâce à la mobilité du songe, peut parfaitement s'adapter à l'un de ses épisodes. Il me semble, au contraire, que le rêve est presque toujours « muet », et que tous ses personnages marchent, parlent et agissent au milieu d'une matière molle et singulièrement insonore. L'oreille du dormant « est déjà inutile », et il use exactement de cette invention au bord de laquelle nous attendons encore pendant le jour, et qui rendra superflues, avant peu, les découvertes assez puériles du télégraphe et du téléphone. Je

veux parler de la communion des esprits
ou de l'introspection réciproque de toutes
les intelligences et de ce qu'on pourrait
appeler la « Télépsychie », qui permettra
à toute âme, à un moment donné, de com-
muniquer avec telle autre qu'elle voudra,
située n'importe où dans l'espace ou le
temps, après qu'on aura retrouvé les liens
qui nous unissent les uns aux autres et
dont le magnétisme et la télépathie rat-
tachent actuellement les premiers fils épars.

Ainsi, je sus, grâce à cette intuition du
dormant, qu'une clameur étrange avait été
poussée. Après de longues années je reconnus la nature et le sens exact de cette
clameur ; mais je la donnerai plus loin,
telle qu'elle m'apparut à mon réveil, et
que je la notai dès le lendemain, au moment

où j'ignorais tout de ma famille, de mon enfance et de mes origines. Je n'aurais du reste pas osé rapporter ce détail presque enfantin, mais significatif, si je n'étais à même de le prouver d'une manière irréfragable.

Il y eut quelque confusion dans les événements subséquents, ainsi qu'il arrive parfois aux endroits les plus importants des songes, car la raison nocturne a bien des détours ignorés. Mais je revois distinctement qu'une femme m'apparut, extraordinairement nette, à l'exception du visage, où des traits, en tout semblables à ceux d'Annie, luttaient et se mêlaient sans interruption avec d'autres traits d'une indéfinissable impression, que j'appellerai, peu approximativement, « de réticence, et à la fois implicite et virtuelle » (et ce visage, je le reconnaîtrais néanmoins sans hésitation, « mais uniquement, je pense, durant la nuit »; au surplus, il vaut mieux ne pas approfondir ces interpénétrations d'identité dans les songes). Je me rappelle ensuite que je fus arraché à l'eau du puits par un geste analogue à celui d'Annie à la fontaine, « en considérant uniquement le reflet de ce geste, c'est-à-dire, qu'il me sembla être sauvé par un bras nu qui sortait de l'eau ». Et après une incolore lacune, je me trouvai tout à coup en plein air, sous un ciel de pluie, d'orage et de soir, et celle qui m'avait sauvé, et qui m'embrassait « en me parlant une langue que je ne comprenais plus », m'emportait le long de rues et de quais éclairés.

En cet endroit, je note une exception

assez bizarre aux habitudes du songe :
« c'est que je vis une partie du paysage
que je traversais ». Il faut observer, en
effet, que le paysage du sommeil est
« presque toujours utile », en ce sens qu'il
n'existe qu'autant qu'il fasse partie inté-
grante de l'action, et au fur et à mesure
de cette action. Il est sobre en outre comme
un décor de Shakspeare, et les personnages n'ont que le morceau de terrain
strictement nécessaire à leurs évolutions,
tandis que ces fragments d'entours indis-
pensables accompagnent le drame pas à
pas. C'est ainsi qu'en un rêve où j'étais
poursuivi par une pullulation de serpents
blancs, je vis s'élever successivement devant
moi, les taillis, les touffes de plantes et les
haies au travers desquelles je passais pour

leur échapper, sans avoir une vision d'ensemble de la plaine où je fuyais. Une autre fois (mais cet exemple est néanmoins d' « une nature différente », et l'égoïsme du dormeur n'est pas « ici » la cause de l'annulation du paysage), ayant acheté un très vieux château, et ne parvenant pas — à cause de l'une de ces impossibilités arbitraires du rêve — à me rendre compte de l'étendue du domaine, je montai sur un grand arbre, pour jeter de là un coup d'œil sur le parc; mais, à mon insu, tout le terrain s'élevait avec moi, et il me fut impossible d'apercevoir quelque chose au delà de l'avenue où j'étais. A part ceci, il peut arriver toutefois, que le paysage serve de « leitmotiv », à quelque acteur, et que celui-ci se présente avec le milieu où il se meut à l'ordinaire ; par exemple, un forgeron apparaîtra parfois avec sa forge, un malade avec son lit, un horticulteur avec sa serre, sans que ces accessoires subtils encombrent l'action ou le théâtre nocturne. Mais je doute des songes descriptifs et des sites où le dormant n'est pas mêlé, et cependant, ce que j'entrevis n'agissait pas en ce dernier épisode.

C'était un paysage comme celui qu'un homme effrayé regarde ; un ciel de cyclone où une lune se révélait par intervalles, des quais et des canaux d'eaux noires, margés d'arbres très vieux et bouleversés, des ponts-levis dressés comme des bras de terreur, de petites maisons à pignons avec des poulies aux lucarnes, une multitude de barques avec des lanternes, mais surtout (car il se peut que les précédentes apparitions aient été éveillées depuis, tandis que cette dernière est d'une inquiétante et inébranlable certitude), deux moulins noirs, l'un, aux ailes titaniques et immobiles, et l'autre, un peu en arrière, dépouillé, sombre, nu, abstrait, et sans ailes, et énormes tous deux, énormes et hauts comme des tours à l'angle de la ville, oppressaient une violente et ténébreuse touffe d'arbres extrêmement grands et anciens.

Au détour d'une rue antique, je fis un effort pour revoir encore ces deux extraordinaires témoins, et, avec ce déséquilibre des mouvements et cette absence de mesure ordinaires au sommeil, en me retournant, je heurtai le fer du lit et je m'éveillai.

En cet état spécial entre la veille et le

sommeil, qui est comme l'entr'acte des songes, et où la volonté renaît un peu, j'essayai d'analyser ma vision et de la fixer ainsi dans un demi-réel, car la mémoire du sommeil est inexplicablement fugace et fragile, et tandis qu'on peut se rappeler indéfiniment et exactement telle pensée ou image, « créée pendant le jour », les images des songes, alors même qu'on a eu soin de les établir nettement au réveil, et de les acclimater ainsi dans la vie diurne, ne se laissent pas évoquer plus de deux ou trois fois, et à chacune de ces évocations elles s'affaiblissent jusqu'à confluer en une mort indistincte, comme si on les entrevoyait à travers quelque verre grossissant qui s'éloigne outre mesure. Je ne m'attarde pas à cette énigmatique anomalie de la mémoire, elle n'eut pas entièrement lieu, du reste, dans le rêve en question, et le lendemain et depuis, je pus éveiller assez minutieusement tous ses souvenirs.

Annie, ce lendemain qui était un samedi, allait rejoindre Walter à New-Haven, sans avoir eu le temps de me dire adieu. Elle devait revenir le mardi suivant, mais elle ne revint plus. Je lui écrivis ce jour même une lettre, où je lui parlais incidemment de ce rêve auquel elle me semblait si ineffablement mêlée. Je traduis littéralement de l'anglais, en omettant simplement les propos inutiles ou inefficaces. — On me pardonnera, j'espère, la gaucherie de cette traduction, car il importait de rendre « verbatim » le texte américain qui m'a été restitué et que j'ai conservé par devers moi.

. . . .

... « A propos, j'ai rêvé de toi, Annie,
mais ô, d'une étrange, étrange toi ! Sache
d'abord que je me noyais au fond d'un
insondable puits ; alors vint une très vieille
femme regarder dans le puits, en levant
les bras, et en exclamant une incompréhensible phrase en fort mauvais anglais :
« The kind is in the pit ! the kind is in the
« pit ![1] » ou une chose analogue.

« Qu'est cela ? — Après vint une autre
femme, semblable à toi, Annie, ou du
moins, une presque en tout semblable à
toi, sauf quant au visage qui était bien
plus triste. Alors toi, ou elle, m'as tiré de
l'eau, en te penchant sur le puits comme tu

1. « Kind » en anglais, genre, espèce, ou l'adjectif : bon,
bienveillant, etc.

fis vendredi soir à la fontaine, et tu m'emportas en tes bras (moi si grand et si lourd cependant) dans une ville que je n'avais jamais vue auparavant, et où, à droite, il y avait une vieille forêt de très hauts arbres, et au delà, deux effrayants, effrayants moulins à vent, « tels qu'il n'en existe pas ici », et dont un absolument sans ailes... »

L'enveloppe de cette lettre (elle n'adhère malheureusement pas à la lettre même, mais l'écriture est si parfaitement identique, que nul doute n'est possible), porte le timbre vert des États de l'Union. Il a été oblitéré à Boston, le 25 octobre 1880, 11. m. À la réception à New-Haven, un timbre humide a marqué : « New-Haven,

Wharf 25/10.80. 4 n. » Je mets ces deux pièces à la disposition de ceux que cet événement psychique pourrait intéresser. J'ai été obligé d'effacer sur l'enveloppe, le nom patronymique d'Annie, et de découper l'angle gauche de la lettre, car il portait en exergue le nom entier de Mrs. W.-K., avec sa devise : « At last shut to fears » (enfin close aux peurs), que je ne me suis jamais expliquée.

Je passe à présent bien des années, des tristesses et des pièges, sans relations avec le sujet actuel, et j'arrive ainsi au moment où j'atteignis enfin ma majorité.

Vers cette époque, — j'avais quitté le morne orphelinat, et je veux désormais garder le silence sur tout ce qui concerne Mrs W.-K., — vers cette époque, je reçus de Hollande, par l'intermédiaire du recteur de cet orphelinat, un volumineux envoi, comprenant des comptes de tutelle minutieux et compliqués, les procès-verbaux des délibérations du conseil de famille, des titres de propriété et de rentes, et une foule de papiers divers et anciens.

Il était de règle, en la maison que je venais d'abandonner — afin de sauvegarder toute égalité et d'écarter tout leurre d'avenir, et à moins de quelque incident inévitable, comme ce qui eut lieu pour Walter, — de ne révéler aux orphelins quoi que ce fût, au sujet de leurs familles et de leurs antécédents.

Je fus donc singulièrement étonné, à l'examen de cet envoi, d'apprendre que j'étais Hollandais, et maître d'une fortune assez importante; c'est plus tard seulement que je sus à la suite de quelle négligence et de quels mauvais vouloirs, j'avais été délaissé au fond du Massachusetts, mais ces détails n'ont aucun rapport avec le récit d'aujourd'hui.

J'ai dit tout à l'heure « à l'examen de cet envoi », malheureusement cet examen fut plus tardif que je n'aurais voulu. J'ignorais complètement le néerlandais, et à Salem où j'étais retourné, je me mis vainement en quête d'un traducteur. Je résolus alors d'apprendre une langue qui s'était si subitement décelée maternelle, et grâce à l'anglais, et surtout à l'allemand que je possédais, je fus à même, au bout de deux ou trois semaines, de lire assez couramment les pièces les plus importantes.

· lxxi ·

Une nuit, en feuilletant ainsi une liasse de papiers au timbre colonial de Java, je tombai, — graduellement en proie à une crise d'étonnement et d'effroi, — je tombai sur la brève et d'ailleurs très simple, mais pour moi, pour moi seul, vraiment insolite et incroyable lettre suivante, écrite de la main de ma mère, et dont l'influence a réellement et à jamais déplacé l'axe de ma vie. Je traduis mot à mot du hollandais, en omettant, comme tantôt, tout ce qui n'est pas essentiel.

Utrecht, 23 septembre 1862.

. . . .

... « Nous étions allés cette après-midi-là (très probablement le 17 septembre, d'après le contexte, qui n'est cependant pas absolument décisif) avec la cousine Meeltje et Mme van Brammen, prendre le thé chez la tante van Naslaan, et l'agneau[1] était au jardin avec Sarthe — elle l'avait laissé seul « un clin d'œil », sur le gazon ; et quand elle revint, plus d'agneau ! Elle va regarder dans le puits ; le pauvre innocent agneau était au fond ! Elle, au lieu de l'en tirer tout de suite, vint crier à notre fenêtre « 't kind is in den put ! 't kind is in den put ! » (l'enfant est dans le puits ! l'enfant est dans le puits !). Je saute alors par la fenêtre du salon, et je tire de l'eau le cher agneau, qui pleurait toutes les larmes de son petit cœur, et je cours tout d'une haleine jusqu'à notre maison... »

1. « 't Schaapje » la petite brebis, l'agneau, terme hollan=dais pour désigner les enfants, etc.

Cette lettre était adressée à mon père, alors, ainsi que je l'ai dit plus haut, « adsistent-resident » à Java. La date qu'elle porte est légalement certaine, car, à son retour de l'île, quatre mois après, avec d'autres papiers délaissés par mon père, elle fut déposée chez le notaire « Hendrik Joannes Bruis », et elle est mentionnée dans un inventaire enregistré à Utrecht le 3 février 1863.

Au soir de cet accident, où je dus la vie à l'angélique célérité de ma mère, j'étais âgé de quatre mois et neuf jours, ce qu'il m'est, naturellement, facile de prouver.

Ainsi donc, cette nuit d'octobre, j'avais communié, sans intermédiaire, avec l'invisible et l'inexplicable, et mon âme en est demeurée pâle et malade et sujette à toutes les inquiétudes et à tous les effrois. Je n'essaierai nulle élucidation aujourd'hui ; et je classe ce phénomène parmi tant d'autres, aux causes latentes, dont les lois sûres seront retrouvées quelque jour. En attendant, je veux les ignorer, comme j'ignore, par exemple, l'innombrable inconnu des pressentiments, ou pourquoi la mort, lorsqu'elle a été dans une maison, y revient inévitablement peu après. Thomas de Quincey affirme en son étude : « On the knocking at the gate in Macbeth », que l'intelligence est une faculté inférieure de l'esprit humain, et je crois qu'il faut s'en défier avant tout, en ces zones d'événements. Au reste, il vaut mieux, peut-être, ne pas y réfléchir outre mesure, de peur de délier à la fin les cavales blanches de la folie, dans ce qu'un médecin illustre appelle étrangement « le grand territoire de la substance grise ».

Mais si je crains d'approfondir cette vision, au point de vue purement objectif, je voulus entièrement me plonger dans la joie de ma peur ; et c'est pourquoi, je résolus de visiter, presque immédiatement après, le théâtre de mon rêve.

Malheureusement, d'impérieuses circonstances abrégèrent subitement mon voyage en Hollande, et il me fut impossible de séjourner à Utrecht plus de sept à huit heures.

J'y descendis aux dernières heures d'une après-midi d'hiver sombre, de nuages et de neige. En sortant de la gare de « Rhijnspoorweg », je devais être extraordinairement pâle, car j'entrevis, à mon aspect, une sorte d'hésitation et de méfiance sur le visage des employés et des passants. Après avoir traversé la place, on prend, pour se rendre en ville, la « Stationstraat ». Jusque-là rien ne m'étonna, non plus, d'abord, que sur le canal d'enceinte, nommé « Stad's buiten gracht », qui coupe cette rue à angle droit. Mais après quelques pas le long des berges, et au bout de ce canal désormais ineffaçable et éternel pour moi, j'ai éprouvé, pour la première fois, cette espèce de soudaine et polaire pâleur de l'esprit, qui n'est heureusement réservée qu'à quelques hommes, et mon âme, déjà si souvent agitée par ce songe, chancela littéralement dans mon cœur ! En face de moi, subitement et si près que mes yeux semblaient les toucher (encore qu'en réalité ils fussent assez éloignés, car c'était un effet d'optique dû à leur disproportion), au milieu de l'irréel paysage d'une métropole de neige, sous un ciel obscurci et comme autrefois analogue à un glas, avec ses eaux engourdies entre les talus, ses barques écloses à fleur des marais morts, ses ponts-levis en mouvement le long des rues d'ouate, et pleines de maisons et de personnages muets au niveau des pignons, « je reconnaissais enfin les deux moulins à vent, effrayants et indubitables », mobiles aujourd'hui en une nuageuse trémulation d'aquarium et d'éclipse, identiques, mais plus imminents peut-être, plus funestes et plus oppresseurs de la ville et du bois ternement nuptiaux, au-dessus desquels ils tournaient en envoyant de leurs épaisses ailes, des signes très tristes à une âme qu'ils attendaient patiemment depuis tant d'années !

Après l'hallucinant coup d'œil, je voulus d'abord éperdument courir vers eux, au hasard des eaux et des quais ; mais l'instinct de l'étranger m'interdit de troubler comme une pierre cette multitude malléable et stagnante qui s'étalait autour des ponts-levis ; puis en route, à mesure que j'approchais des vieux arbres du « Pardenveld », mon enthousiasme glissait le long de moi, comme un manteau de flammes, et j'éprouvais une désillusion graduelle en observant une à une de notables différences.

Je ne parlerai pas de l'aspect éclatant et pascal des entours d'aujourd'hui, qui avait remplacé l'aspect si néfaste et comme « à travers des glaces obscurcies » d'autrefois, ni des ailes qui viraient actuellement dans le ciel du second moulin, jadis si immobile, et dont la présence avait mis un malaise en mon coup d'œil, mais le premier des géants noirs, celui que j'avais toujours vu le plus exactement, me semblait incomparablement plus élevé qu'en ma nuit d'octobre, « comme s'il avait grandi plus vite que les arbres », ou qu'un insolite événement eût troublé ses proportions, par rapport à la ville, et je voulus immédiatement examiner cette infidélité.

Je gravis le grand tertre à la cime duquel il s'épanouissait et je vis que cette énorme tour n'avait pas de porte, ni aucune ouverture, à l'exception, vers le haut, d'une étroite fenêtre déjà éclairée. Après avoir hélé longtemps en vain, à la longue, un visage de jeune fille, anormalement vaste et aux allures inexplicables, et cependant virginâtrement hollandaise, se pencha en révulsant ainsi une chevelure presque blanche qui coulait le long du moulin, mais à chacun de mes cris, elle se mettait muettement un doigt sur la bouche; et je n'en pus rien obtenir.

Aux explications d'un paysan, je compris enfin, péniblement, que la porte était au bas du tertre, et que le meunier habitait seul le moulin avec sa petite-fille hydrocéphale. J'y allai frapper, mais comme je parlais un hollandais encore inintelligible, et sans doute aussi parce que j'avais l'air las, maladif et anxieux, l'homme m'écouta avec méfiance par l'entrebâillement de la porte et je ne recueillis aucun éclaircissement. Toutefois, en jetant un dernier coup d'œil sur la tour, j'ai noté un détail qui explique peut-être la disproportion observée : « c'est que les briques s'étendant depuis la toiture jusqu'à la petite fenêtre, semblaient plus rouges et par conséquent plus récentes que les autres ». Malheureusement, il faisait déjà nuit, et ceci n'est qu'une allégation incertaine.

Ensuite, j'allai vers le second moulin, afin d'apprendre à quelle époque on avait rétabli les ailes ; mais il avait cessé de tourner depuis un quart d'heure et semblait absolument désert. Cependant, on m'affirma assez évasivement, en une « Taperij » ou auberge voisine, que les ailes actuelles existaient depuis une vingtaine d'années.

Il fallut me contenter de ces renseignements incomplets; et je voulus, en dernier lieu, éclairer une autre obscurité. On n'a pas oublié que le premier visage à l'orifice du puits « m'avait apparu dans un ciel orageux » et que toute ma fuite avait traversé un paysage entièrement bouleversé par la tempête ; or, selon la lettre de ma mère, j'étais au jardin au moment où l'accident eut lieu. Il y avait là une anomalie qu'il fallait indispensablement s'expliquer. Grâce à d'exactes indications de l'inventaire, je savais que la maison « de la tante van Naslaan », en laquelle j'avais eu une part de propriété indivise, était située au n° 33 de l'« Oude Gracht ». Par malheur, la soirée était fort avancée, et la maison habitée par deux vieilles dames, en train de prendre le thé, qui n'entendirent rien à mes interrogations, d'ailleurs timides et maladroites, et me répondirent avec inquiétude, en verrouillant la porte, que leur demeure n'était pas à louer.

Peut-être y avait-il là une serre, ou une partie du jardin était-elle vitrée, à la manière hollandaise, ce qui serait une explication après tout suffisante. Au reste, au sujet de l'orage du 17 septembre 1862, j'ai noté l'entrefilet suivant dans le numéro du vendredi 18, du « Rotterdamsche courant. »

— Je traduis : « Hier, vers 6 heures du soir, la goélette anglaise, « The faithfull Helen », capitaine Milford de Goole, a rompu ses amarres, sous la violence du vent, et est allée échouer au « Willems

Kade », après avoir abordé une « tjalk » de Vlissingen. Les dégâts sont insignifiants. »

Il reste un dernier « desideratum ». J'ai trouvé dans les papiers de famille envoyés à Salem, une quittance signée de la main du peintre belge, François-Joseph Navez, qui doit avoir peint le portrait de ma mère entre les années 1859 et 1860. Ce portrait a été vendu pour une somme de 12 florins, lors de la liquidation. Or, « il m'importerait extrêmement de retrouver ses traces », et c'est pourquoi je supplie tous ceux qui seraient à même de donner quelque indice à ce sujet, et en général au sujet de tous les « desiderata » de cet éclaircissement, de vouloir adresser leurs renseignements à « M. Balfour Stuwart, president of the

Society of psychical inquiries, 75, Catherine street, strand, London », qui se chargera de me les transmettre. Ils rendront ainsi service à une science nouvelle (car on sait à quelles découvertes pourrait mener l'éducation de cette faculté spéciale de la mémoire, en l'appliquant, par exemple, à la période embryonnaire, et même préembryonnaire) et à une âme inquiète qui a consacré sa vie à la solution de ces problèmes.

Et Ici finissent les « Deux Contes »,
de Maurice Maeterlinck ; l'un : « Le
Massacre des Innocents », commen-
çant à la page V, l'autre : « Onirologie », à la page XXXVII ; tous
deux précédés d'une note de
l'éditeur et d'un avis
de l'auteur.

Ce livre, le sixième de la collection des « Varié-
tés littéraires », a été établi par Ad. van Bever ;
tiré à mille deux cents exemplaires, soit XXV exemplaires,
sur vieux Japon impérial, dont V hors commerce, numérotés de I à XX et de XXI à XXV ; XXV exemplaires sur
Chine, numérotés de XXVI à L ; et MCL exemplaires sur
papier des manufactures de Rives (dont L hors commerce),
numérotés de LI à MCL et de MCLI à MCC, le présent ouvrage a été achevé d'imprimer, en gothique fran-
çaise, par Paul Hérissey, imprimeur à Evreux, le XV août
MCMXVIII ; les ornements typographiques ont
été dessinés et gravés sur bois par Louis Jou.